Ce livre appartient à

_____

Papa, sors-nous de là!

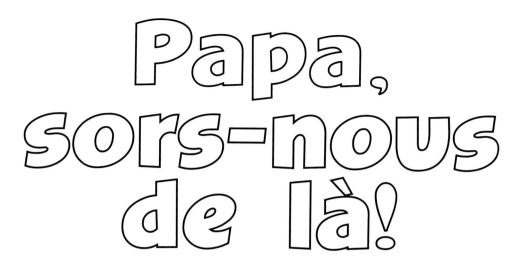

Papa, sors-nous de là!

Robert Munsch

Illustrations de **Michael Martchenko**

Texte français de Martine Faubert

Éditions
■SCHOLASTIC

Les illustrations de ce livre ont été réalisées à l'aquarelle sur du carton à dessin Crescent.
Le texte a été composé avec la police de caractères Candida Roman 16 points.

Catalogage avant publication de Bibliothèque et Archives Canada

Munsch, Robert N., 1945-
[Deep snow. Français]
Papa, sors-nous de là! / Robert Munsch ; illustrations de Michael Martchenko
; texte français de Martine Faubert.

Traduction de: Deep snow.
ISBN 978-1-4431-7059-8 (couverture souple)

I. Martchenko, Michael, illustrateur II. Faubert, Martine, traducteur
III. Titre. IV. Titre: Deep snow. Français.

PS8576.U575D4414 2019   jC813'.54   C2018-904219-2

Édition publiée par les Éditions Scholastic,
604, rue King Ouest, Toronto (Ontario) M5V 1E1 CANADA.

5 4 3 2 1   Imprimé en Malaisie 108   19 20 21 22 23

À Ali et Kate Lucas de Goose Bay,
à Terre-Neuve-et-Labrador
— R.M.

Très, très loin de tout, sur la motoneige, Alix s'écrie soudain :

— ARRÊTE!

— Qu'est-ce qui se passe? demande son père.

— Je veux sauter dans la neige, dit Alix.

— Non, dit sa sœur Katia, c'est de la neige très, trèèèèèèès épaisse.

— Je veux sauter dedans quand même, réplique Alix.

— Ce n'est pas une bonne idée, dit Katia.

Alix se met debout sur le siège, pousse son plus grand cri, saute le plus loin possible et...

WOOOOUMF!

Elle disparaît. On ne voit plus qu'un grand trou, là où elle a atterri.

— Elle s'est enfoncée dans la neige, dit Katia. Elle a complètement disparu.

— Alors, saute dans le trou pour l'aider à sortir, Katia, dit son père.

— Ça aussi, c'est une mauvaise idée, dit Katia.

Mais elle saute quand même.

WOOOOUMF!

Pendant de longues minutes, il ne se passe rien.

Puis le père d'Alix et de Katia descend de la motoneige et rampe jusqu'au bord du trou.

— Ça va, là-dedans? crie-t-il.

— Faaafaaaa, mormou bla! répondent Alix et Katia, dont la bouche est pleine de neige.

— Parlez plus clairement, crie leur père. Je ne vous entends pas bien.

Alix crache la neige qu'elle a dans la bouche et hurle :

— PAPA, SORS-NOUS DE LÀ!

— Tout de suite! crie son père.

Il se penche dans le trou aussi loin qu'il le peut, attrape quelque chose et tire dessus très fort.

— AAAAAÏE! C'est mon oreille! hurle Alix.

Son père lui lâche l'oreille, se penche un peu plus, attrape quelque chose d'autre et tire dessus très fort.

— AAAAAÏE! C'est mon nez! hurle Katia.

Son père lui lâche le nez, se penche un peu plus, attrape quelque chose d'autre et tire dessus très fort.

— AAAAAÏE! C'est ma lèvre! hurle Alix.

Le père d'Alix et de Katia attrape finalement leurs queues de cheval et tire dessus très fort. Les filles sortent du trou à la vitesse de l'éclair.

— Bien, dit leur père, maintenant, nous pouvons repartir.

— Non! s'écrient Alix et Katia. Nos bottes sont restées au fond du trou.

— Oh zut! s'écrie leur père.

Il rampe jusqu'au bord du trou et se penche aussi loin qu'il le peut. Il ne trouve pas les bottes. Il s'avance donc un peu plus, encore un peu plus, puis

WOOOOUMF!

Il finit par disparaître dans le trou. Il n'y a plus que ses bottes qui dépassent.

Alix et Katia rampent jusqu'aux bottes de leur père.

— Ça va, là-dedans? crie Alix.

— Mormémoi bla! répond son père, dont la bouche est pleine de neige.

— Parle plus clairement, crie Katia. On ne t'entend pas bien.

— Mormémoi bla! répète son père.

Puis il crache la neige qu'il a dans la bouche et hurle :

— SORTEZ-MOI DE LÀ!

Alix et Katia empoignent les pieds de leur père et tirent très fort. Mais leur père ne bouge pas d'un poil.

— Ça ne va pas du tout, dit Alix.
Il va falloir que papa reste là jusqu'au
printemps. Oh! mais il ne pourra pas piloter
son jet s'il est coincé au fond d'un trou!

Soudain, Katia a une idée. Elle court à
la motoneige et y prend une corde. Elle
en attache un bout à l'un des pieds de son
père et l'autre, à la motoneige. Puis Alix et
Katia sautent sur la motoneige, qui s'élance
sur la piste à toute allure.

VROOOOUM!

Leur père sort du trou à la vitesse de l'éclair et rebondit sur la neige derrière la motoneige.

— Aïe! Ouille! Aïe! Ouille! hurle-t-il. ARRÊTEZ! ARRÊTEZ! ARRÊTEZ!

Alors Katia éteint le moteur. Son père reste étendu dans la neige.

— Papa, tu n'as même pas nos bottes, fait remarquer Alix. Il va falloir tout recommencer.

— D'accord, répond son père. On recommence.

Il attache une longue corde aux pieds de ses filles et les descend dans le trou.

Quelque temps plus tard, il revient
les chercher… dans son jet!

Papa, sors-nous de là!

En 1991, je me trouvais en tournée au Labrador, pour raconter des histoires, et mon fils Andrew m'accompagnait. À Goose Bay, nous habitions chez Ali et Kate Lucas (qu'on a nommées Alix et Katia dans la version française), dont le papa est pilote de la Force aérienne canadienne. Comme Andrew aime beaucoup les jets, je me suis dit : « Je devrais pouvoir rapporter de là une bonne histoire sur les avions. »

Un après-midi, nous sommes allés marcher dans un sentier de motoneige. Andrew et moi, nous ne savions pas que la neige était très, très épaisse dans la forêt. À un moment donné, Andrew s'est dit que ce serait amusant de sauter dans la neige, à côté du sentier. Il l'a donc fait. Il s'est enfoncé profondément et a adoré ça. Puis Ali et Kate ont sauté à leur tour. Elles ne se sont pas enfoncées autant, mais Kate s'est pris le pied, et j'ai dû aller l'aider. J'ignorais que

la neige pouvait recouvrir complètement des conifères, qui forment alors un espace creux sous la neige. Quand j'ai mis le pied en dehors du sentier, je me suis mis à tomber et à tomber dans une espèce de trou sans fond, et il m'a fallu pas mal de temps pour ressortir de là. Kate, elle, était toujours prise dans la neige! Finalement, nous avons réussi à la sortir de son trou, mais ses bottes sont restées au fond. Alors, comme j'étais déjà tout mouillé, j'ai décidé de plonger la tête la première dans le trou pour aller les récupérer. Et c'est là que l'idée de cette histoire m'est venue.

C'est vraiment la seule et unique fois de ma vie que j'ai inventé une histoire alors que j'avais la tête en bas et les jambes en l'air, dans un banc de neige!

Andrew (sur la motoneige) et moi près de Goose Bay, au Labrador. Durant ce voyage, nous avons aussi rencontré Cheryl Allen (à gauche). J'ai écrit *Rends-moi mon papa!* pour elle.

Si tu as aimé *Papa, sors-nous de là!*,
lis ces autres livres géniaux de Robert Munsch!

ISBN 978-1-4431-0765-5

ISBN 978-1-4431-6400-9

ISBN 978-1-4431-6329-3

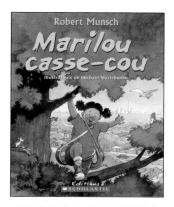

ISBN 978-0-439-98816-2

ISBN 978-1-4431-4618-0

ISBN 978-1-4431-1319-9

ISBN 978-1-4431-6319-4

ISBN 978-1-4431-4293-9

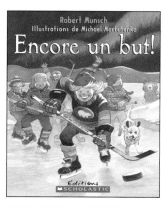

ISBN 978-0-545-99036-3

Visite www.scholastic.ca/editions/livres/munsch. Tu y trouveras plus d'info sur Robert Munsch et ses livres ainsi que des jeux et activités!